诺布朗杰

藏族,甘肃甘南人。

诗人、词作家。

我要写的
勒阿越来越少了

诺布朗杰 著

陕西新华出版
太白文艺出版社·西安

图书在版编目（CIP）数据

我要写的勒阿越来越少了 / 诺布朗杰著. -- 西安：太白文艺出版社, 2025.3. -- ISBN 978-7-5513-2895-1

Ⅰ. I227

中国国家版本馆CIP数据核字第2025QJ9692号

我要写的勒阿越来越少了
WO YAO XIE DE LE'A YUELAIYUESHAO LE

作　　者	诺布朗杰
责任编辑	付　惠　王赵虎
策　　划	赵若菲
整体设计	Ada 郑江迪
出版发行	太白文艺出版社
经　　销	新华书店
印　　刷	西安盛业印务有限公司
开　　本	880mm×1230mm 1/32
字　　数	90千字
印　　张	6.375
版　　次	2025年3月第1版
印　　次	2025年3月第1次印刷
书　　号	ISBN 978-7-5513-2895-1
定　　价	58.00元

版权所有　翻印必究
如有印装质量问题，可寄出版社印制部调换
联系电话：029-81206800
出版社地址：西安市曲江新区登高路1388号（邮编：710061）
营销中心电话：029-87277748　029-87217872

目录

辑一 青芒集

勒阿	003
勒阿无马	004
致勒阿	005
勒阿小语	006
青稞酿酒	007
无题	008
关于勒阿的另一首即兴诗	009
勒阿的第三首即兴诗	010
写给勒阿的四行诗	011
某一天	012
小小勒阿	013
未命名的花，都叫格桑	014
新的一日	015
旧日子	016

青稞地，像我打的诗歌草稿	017
马背上	018
就这样老去	019
勒阿短句	020
勒阿即兴	021
九 月	022
蓝经幡	023
勒阿十四行	024
她 说	026
一首写给央宗的小诗	027
晚 安	028
爱情的纽扣	029
老房子	030
此 生	031
慢	032
情 歌	033
勒阿小夜曲	034
简单的生活	036

辑二　拾穗集

九行甘南	039
偶　得	044
德令哈	045
洗僧衣的小喇嘛	046
次曲神湖	047
写给勒阿的孩子们	048
吃苹果的老人	049
勒阿人没有墓志铭	050
年卜热桑神山	051
扎色神山	052
劈柴的女人	053
我要写的勒阿越来越少了	054
果耶小镇	055
旧句：色拉寺	057
旧句：哲蚌寺	058
旧句：羊卓雍措	059

口弦	060
勒阿复原图	061
青稞标本	063
这一次我又写到青稞	064
舟曲书	065
疼我的那个人离开了勒阿	069
羚羊城	076
坪定村偶得	079
6月28日,美仁草原遇雨	080
词条:俄合拉村	081
甘南有寄	082
鹰与甘南	083
傍晚,在当周草原	084
合作市的此刻	085
塔尔寺	086
白海螺	090
金嘎乌	110
米拉日巴圣殿漫步时偶得	136
拉卜楞诗篇	137
给志达的小诗	142

洛扎老人与刀　　　　　　　　　143

辑三　摘星集

木质念珠　　　　　　　　　147
如意树　　　　　　　　　　148
赠　诗　　　　　　　　　　154
从勒阿寄出去的诗　　　　　155
驴与诗　　　　　　　　　　156
我诗慈悲　　　　　　　　　157
十三行，或者十七行：心事　158
即兴诗　　　　　　　　　　160
风　马　　　　　　　　　　161
不写诗的时候　　　　　　　162
无辜的诗　　　　　　　　　163
苹果林　　　　　　　　　　165
苹果花开了　　　　　　　　166
一首诗的完成　　　　　　　167
勒阿献诗　　　　　　　　　168
一把雕花藏刀　　　　　　　169

半夜写诗	170
没取名的诗	171
勒阿采诗记	172
写 诗	178
鹰的诉说	179
雪 域	180
想留下活着的诗	181
紫青稞	182
无 诗	183
诗 方	184
仿谣曲,或无题	185
诗是随身携带的故乡	186
守灵人的夜晚	187
勒阿六行	188
火 塘	189
雪后勒阿	190
勒阿散句	191
且向勒阿	192

辑一

青芒集

勒 阿

这是藏语的故乡

它叫勒阿!

如今,它已经

翻译成了汉语

勒阿无马

勒阿无马,祖先用过的鞍辔
不知丢在哪里

勒阿无马,时间一久
路就被荒草封住了

勒阿无马,而现在,勒阿成了马
被缰绳牢牢拴着

勒阿无马,好多人像马一样奔跑着
可老人常说:走得慢,才能到

致勒阿

不止雨水,雷声和闪电都住进你的身体

天空早被淋湿

仓皇出逃的云朵会遇见彩虹吗?

被黄金贿赂过的太阳

它要烤焦你

你再看看,那自斟自酌的河流

它就没有打算为你解渴

听我说,趁我现在还有点声音

就让我喊一喊吧——

勒阿小语

小憩一会儿,让我梦见勒阿

让我梦见勒阿的一片经幡

让我梦见经幡里打坐的喇嘛

也让风吹进去,替我问候故乡

青稞酿酒

青稞酿酒,酿酒的人这一生
并没有喝上一口酒

听说过吗?自家的酒不醉人
醉人的,总是人家的酒

英雄,喝完酒还是英雄
小人,喝了酒也是小人

青稞酿酒,会喝酒的,喝一辈子
不会喝酒的,喝掉一辈子

无 题

赐我雨,我要从我的天空

为你打捞彩虹

用足够的雨迎接你

赐我雨,让我的天空

独自饮酒

等你摘下我的醉

赐我雨,赐你伞外

巨大的背景

赐我雨,我得把人间

再打扫一遍……

安置你

关于勒阿的另一首即兴诗

不想动用这些轻盈的词语

面对勒阿:我不该搬弄诗歌的雕虫小技

一把镢头、一把铁锹

都要比这恼人的句子强

或者一把镰刀,也可以割些喂牛的草

闲暇时,躺下来做个白日梦

有何不可,比如梦到自己已经不写诗了

不再计算生活的陈年旧账

多好,泡一杯茶,把茶里含的苦全部翻出来

解乏

勒阿的第三首即兴诗

把雪写得再白一点,不融化
落在我的屋顶,储藏一生的冷与热

把月光写得再暗一点
不要惊扰酣睡者和他们的梦

把山的海拔继续压低
直到看见远方
看见山雾里丢失的那几只羊羔

再把溪水流动的速度调快一点
让它及早触摸海洋

写给勒阿的四行诗

容许我只写四行,这是属于我一个人的空间
鸟儿飞倦了,把天空腾出来让我虚构
紧紧攥住被勒阿漫过的语言
我的一生,都在自己布下的牢里

某一天

可能是老去后的一天
那时候,我们把爱保存得依然完整
我们彼此搀扶着肩部的夕阳
走不动了,就倚着墙歇息一会儿
或者晒一晒太阳
然后还得继续赶路

可能是我先走,也可能是你先走
但是,我一定要告诉你
即使只剩下最后一口气
我也要轻轻唤一声你的名字

小小勒阿

一穗青稞里,藏有多少粒青稞的心
顺着一粒粒心
就能触摸到勒阿的饥饿

多少粒心呀!围着一穗青稞
在风中摇晃
小小勒阿,蜗居在青稞中央

未命名的花，都叫格桑

山坡的坡度，令太阳爬得有些费力

那些未命名的花

却轻易攻上山坡

正与蝴蝶和蜜蜂热恋

寻常不过的花

有着共同的名字：格桑

露水沾湿的早晨

我还在去山坡的路上，我渴了

喝了好多积攒在牛蹄印里的水

才遇见那些花

它们是我失散多年的亲人

坚守着父辈的

高地

新的一日

撕掉一页日历,今天必须区别于昨天

把前段日子没想通的事情

再细过一遍,最好能在今天想得清楚明了

继续找一大堆刁钻古怪的问题

为难为难自己的大脑

就这样,游走在困惑与恍然大悟之间

痛苦与喜悦之间

一定要学会在平淡无奇的日子里

埋下几颗生活的雷

就算昏睡,也得让梦醒着

下手狠一点,用时间的利刃

从身体里剥开一个个日子

直到剥出来坚硬的核

还能怎样?风平浪静的,跌宕起伏的

我通通接受

旧日子

只要想起她,我的心就会被记忆抓破
她是我的喜剧,也是我的悲剧

她发光,她在某个时刻
照亮过我全部生命

她的呼吸、她的心跳、她的消逝的容颜
像精美的项链,被我的记忆佩戴着

她刮风,她也下雨,她淋湿了我
被她照亮过的旧日子

青稞地,像我打的诗歌草稿

里面种植的是未命名的词语

在泥土里安家

圈圈点点,勾勾画画

多像母亲除草时老练的动作

瘦瘦长长的句子,绝对是路

留给驮青稞的骡子

我会在诗句里迷路

青稞也会在青稞地里迷路

我最终定稿,再不作修改

为了让青稞地交出完整的青稞

马背上

马背上住着风,住着雨
住着缰绳里的远方
拴好草原的辽阔,再把马蹄下的尘世
踏响

好的骑手,不用暴力的鞭
好的骑手,怀里装着路
好的骑手,把马举得比自己还高

马背上住着好的骑手

大多数时间
骑手应该住在马背上

就这样老去

顺从时间的安排,用它锋利的刀

取下青春

等再过几年,头上添一些白发

额上贴几行皱纹

手里换几根拐杖

我们这一生都要做的是

让时间的花儿在我们生命里

开着,也落着

我们是拾花瓣的人

身体里布满泥土和香

勒阿短句

我把母亲留在了勒阿

你们如果想看我的母亲

我就给你们推开那座山,推开那片森林

我把父亲留在了勒阿

你们如果想看我的父亲

我就给你们挪开那片雾,挪开那场大雨

我把我留在了勒阿

你们如果想看我

我就给你们拆开我的诗句,拆开我的词语

勒阿即兴

我的诗句旧疾复发,染上严重的怀乡病

它们在泥土里制造花朵
它们在暴雨里播种彩虹
纵横交错的掌纹,它们认出我的命运

我的诗句在我伤口上撒了好多盐
这么多年,我一直都感觉到疼

九 月

不许喝酒，我已经大醉多日
我还缺一面可以看清楚自己的镜子

懂我的人，成了我的敌人
爱我的人终究要离我而去

不管了，在人间，多活一天
我就多写一首诗

蓝经幡

一块切割好的天空,久搁人间
我们顶礼膜拜
额头上是一生的碑文

说到高,说到天空的海拔
用它扩充一颗慈悲之心的辽阔

风动似心动,摊开的腹部
雕满灵魂的印经

勒阿十四行

贫穷的勒阿
苦难的勒阿

母亲乳汁下,饥饿的勒阿
次曲里流过,眼泪的勒阿

清晨,升腾着炊烟的勒阿
黄昏,煨着桑的勒阿

山坡上,牛儿啃草的勒阿
山谷里,风儿点头的勒阿

朵迪里婉转的勒阿
口语里失传的勒阿

埋葬过祖祖辈辈的勒阿
养活过祖祖辈辈的勒阿

我热衷于聆听故事的勒阿

今夜，在我笔下呻吟的勒阿

她 说

不去过问带异味的欲望

哪怕多走一些弯路,也莫羡慕别人的捷径

气球一样悬浮在头顶的理想

会被一根根针的现实扎破

一生就该这样:水里煮,火里烤

生活下的毒,还是得自己找解药

路还远,累了

就坐下来歇一会儿

一首写给央宗的小诗

我想,世界应该是干净的

所以,在我心里

你也是干净的

我在我的记忆里,给你留了一块好位置

向阳,有光,氧气充沛

是的,你是我美得遥远的往事

只是我的回忆往往会令我

窒息,甚至晦暗

晚 安

该说晚安了

无骨的风,只有你

才能把月亮吹来

太阳下山

梦就会开花

晚安了,风

等你吹醒我的梦

把梦吹出果实来

爱情的纽扣

油腻的日子过够了

就想清淡

我不说,你能懂

那该多好

你看:蜜蜂又拾起

花儿的心事

有心人

请解开

爱情的纽扣

老房子

我在老房子上,看到了父亲的骨骼

母亲的心血

以及辞世多年的爷爷的灵魂

当然,这一切别人看不到

别人看到的只是它的破败不堪

它的没落

它一天病似一天,身体布满了颤抖的乡愁

我的命运和它紧连在一起

该消失的都会消失

只有它永恒的地址新鲜如初

此 生

一定会经历春夏秋冬、生老病死

所以得早早做好准备

在擦肩而过的时间上,种下理想

让有心栽的花,在一夜间全部盛开

保证充足的睡眠,也把梦做好

偶尔也发发脾气,宣泄一下无法排解的苦闷

没有什么大智慧、大抱负

最主要的一点是:把人做好!

让自己的欲望少暴露一点

认认真真地度过一生

最起码,我死以后

他们都在说:他是个好人

慢

目的很简单,我只想把眼前的一切
看清楚一点

比如划着一根火柴
我能轻而易举地记下它成火的轨迹
直到落在父亲没能戒掉的烟上
直到落在停电后的某一根蜡烛上
剩下烟蒂和烛光的背影

又比如一根针
看它如何生长成,沉重的斧头
直到劈出生活的纹理
直到劈出旺盛的日子
剩下微微的叹息和锈

情 歌

我梦过的鹰鹫飞在天上
它不在天上的时候
天是空的

我牵过的骏马拴在湖边
它不在湖边的时候
湖是空的

我念过的姑娘藏在心头
她不在心头的时候
我是空的

勒阿小夜曲

夜是梦的故里,曲没有声音
小小的,是勒阿

小小的勒阿在今夜小小的
月光照耀,我在唱着小夜曲

心底发出来的声音
谁也听不到

我在唱着自己的小夜曲
我一个人在唱着小夜曲

我孤苦伶仃
我无依无靠

夜是所有故事
曲来自心底

小小的

是我和今夜的勒阿

简单的生活

呼吸,往鼻子里

喂养一些来自山里的清新空气

目光所及,能看到兀自开放的野花

蝴蝶在为这场盛大的开放舞蹈

下雨了,可以从雨里提取露水

天气转晴,也可以从太阳里收集光线

头顶的阴云,会给内心投下阴影

不怕,许下一个美丽的心愿

裹在那片阴影里

辑二 拾穗集

九行甘南

1

风吹过屋顶的雪

废弃的玛尼寺前的古松

脱下一生的心事

褐色的岩画把历史从墙上一层层剥去

一页页被风抛弃的风马落下来

把风的秘密埋在风里

被雪洗亮的天空下

新煨的桑烟露出虚弱的身子

从朝圣回来的老人心里缓缓升起

2

不断传来的风再次刺疼我

那些接近天空的云朵

在鹰鹫的双羽周围攒动

高过一切的神山把慈悲向天外延伸

声声诵经里皈依着的生灵们

像河流一样渐渐远去

我在风口听远远破空传来的法号

一些故事还在经幡上呼啸着

一些细节早已从心底消失

3

风吹过四季,也没有找到

属于自己的表达方式

雪却叙述完了整个冬天

靠近火的地方,心事凸显出来

我专注地看着雪花卑微的幸福

和被风盘踞的山谷的内心

万籁俱静,不寻常的静里

飞鸟衔着种子从我头顶掠过

流落在无枝可依的天空

4

我唯独不能遗忘故乡的名字
格河里流过多少美好的诗句
我都没来得及将它们收藏

忍受烟火，也就要忍受化为灰烬
星辰之上，故乡是一位得道高僧
善良、慈悲和智慧融为一体

从山上来，又要到山上去
我们不能抛弃爱与善良
我们更不能抛弃故乡给予的力量

5

一群牦牛驮着木头过河
我无法用准确的语言形容它们

一片寂静的白里，它们呼出温暖

草原，凝固着牧人所有心跳
那个拾牛粪的人伸出祥火之手
火光中，雪后的草原开始旺盛

当我们高喊一声，云朵就会落下来
蓝天从远古蓝到现在
白云从远古白到现在

6

如今，孕育过我的故乡容颜憔悴
我反复回忆当年那位上了年纪的喇嘛
是怎样把庙门前积攒的雪一次次扫完

他走了，他在他发自内心的笑里走了
带着我们的眼泪，他去了遥远的天国
他走的那天雪依旧簌簌地下着

庙门前的雪又开始堆积起来

我想象着那位年迈的喇嘛用笨拙的手

把雪一次次扫出我的视线

7

我们泪流成河

用母亲赐给我们的眼泪哭泣

为了守住一棵小草的贞洁

就像转经筒,它就要转动

哭是人类的天赋

更何况我们守着故乡的疼痛

当我们的声音喊不亮一盏酥油灯

我们何不在寺院的老钟下坐下

听这垂着身子的老钟怎么唤醒山谷

偶 得

我苦思冥想得来的,无非是万物的皮毛
我所阐述过的真理,有时候也站不住脚

诗神,请赐我些许灵感吧!
让我在时间的锦囊里,种出诗歌的花朵

德令哈

德令哈,黄金的光芒太沉
用白银的一生,换掉我满头黑发

德令哈,容我空旷
容我为不可一世的孤独加冕

德令哈,我所有的抒情终究是败笔
唯有落日的深潭高过群山

洗僧衣的小喇嘛

隔三差五，我都能碰见他
十来岁的样子，僧衣紧裹着他的今生
只有黑黑的脑袋
从一片绛红色中，露了出来

露出来的，还有那双摸过佛经的小手
正攥住一件沾满灰尘的僧衣
清澈见底的水，一次次被僧衣染红

他一连换了好几盆水，都没能将
褪色的僧衣，洗净

我发觉，那一盆盆泼出的水
已经流出了一条
红色的小路
可是，很快又被行人的脚步
覆盖

次曲神湖

次曲收走了她唯一的儿子,母亲哭了三天三夜
眼睛哭瞎了,也没能把儿子哭回来

盲母每天都去哭,久而久之,打动了次曲神湖
一次,盲母在次曲神湖边睡着了

突然做了一个梦
梦里,有人给了她一捆柴火
她顺手拿了一根,当拐杖

等她醒来,发现拿的那根木棍,是银质的
盲母心动,去次曲神湖边找
可惜再也没找到

写给勒阿的孩子们

勒阿的水,从勒阿流出去,才能汇入江河大海
勒阿人,返回勒阿,就得把江河大海带回来

勒阿的山,赶都赶不走,它们与勒阿唇齿相依
勒阿人,一定要给山神煨好桑、插好箭

勒阿的土地,每抓一把,都是青稞,不种青稞
勒阿人,拿什么来煨桑祭神?

勒阿的故事,虽然陈旧了些,可勒阿人不去讲
哑巴都会忍不住开口说话

吃苹果的老人

他的臼齿又掉了三颗,时间的利刃

削苹果一样,削他

他嚼苹果,好像嚼着铁

即便这样,他仍嚼着,跟一颗被咬碎的苹果较劲

或者,他并不想咀嚼一颗红彤彤的苹果

他只是嚼着,生活的铁

勒阿人没有墓志铭

一代人换一代人,勒阿人的历史是口耳相传的
活着的一生,交给勒阿,死了,就把自己交给火

有贤者降生,他们是无名氏,愚者,他们也是
都来自一位母亲,母亲仍是无名氏

往生的人,没能像帝王将相那样,活在史书里
只能活在,一代又一代勒阿人的心里

时间久了,墓碑会风化,上面的字迹也会腐烂
刻在心里的句子,与时间同寿

勒阿人没有墓志铭,生命是从时间的手里借的
该还就还,作为感谢,连骨灰都得留下

年卜热桑神山

一场天火,落在年卜热桑神山,火势凶猛异常
整整烧了一个月,人们才把火扑灭

年卜热桑神山是火中炼过的,一位来自卓尼的
行脚僧,化缘至此,见神山里奔跑着一对金羊

僧伽去年卜热桑神山做客,席间,又看到一张
金桌,那金桌下面,是深不见底的海

日出,太阳最先照着的,是年卜热桑神山
日落,太阳最后照着的,也是年卜热桑神山

老人们常说:年卜热桑神山是一根擎天的柱子
神山倒下,勒阿人的天就会塌陷

扎色神山

丢魂的人，去扎色神山喊魂，才能把魂喊回来
没有魂的人，活着同死了又有什么区别？

有人求财，有人求子，有人求平安，也有人求
将死的时候，再不要受活罪

一次，祭神山的时候，有个小孩随口说了句：
扎色神山不算高，人心其实比天高

扎色神山是勒阿最高的山，但勒阿人不说它高
只说：扎色神山是勒阿，最灵的山

劈柴的女人

她有些老了,斧头不听她的使唤
劈下去的位置和力度
总与她所期望的有偏差

她劈着生活的油盐酱醋
劈着她死去的男人剩余的部分
她捂着嘴哽咽了一会儿,没有哭
更加使劲地劈

手上起泡了,她感觉不到疼
她在给火觅路,想把冷却的日子
再一次煮沸

她把女人的部分用光了
她现在是一个男人

我要写的勒阿越来越少了

还没动笔,那头刚犁完地的老牛
被牛贩子牵走了

还没动笔,那轮水力转动的磨坊
被无缘无故拆掉了

还没动笔,那些所剩不多的方言
突然间就不说了

还没动笔,那没讲完故事的老人
一语不发就谢世了

果耶小镇

2018 年,果耶撤乡改镇,现在大家都叫果耶小镇
果耶并不小,我们去任何地方,都要经过这里

八岁那年,我随父母经过果耶,第一次见到白龙江
我忍不住喊出声来:快看!大海!大海!

后来,我多次经过果耶,那时候爷爷总是带着我走
我还是孙子,我的世界就果耶那么大

再后来,爷爷谢世,剩父母带着我从果耶来来回回
果耶仍叫果耶,爷爷像龙江水流走了,我成为儿子

我路过果耶,常听说一个个人像白龙江水一样流走
他们或许成为另一个自己,在另一个地方继续活着

有人从这里回来,不走了,有人从这里离开,不来了
也有人生在这里,死在这里,一辈子与果耶为邻

现在是2019年,我反反复复路过这里,再过几十年我的孩子又要替代我路过,那时,果耶还会叫:果耶

旧句：色拉寺

在寺里的某个角落，匍匐

履行一个勒阿人

应有的使命

也只有在这里，太阳落下来的光芒

才得以保存得完整无缺

我突然察觉到，我的呼吸

竟然也可以如此神圣

尘埃、石头以及那些陈列的事物

它们来自天上

在色拉，找到了它们合适的

位置

旧句：哲蚌寺

绕过拉萨口语与安多方言的障碍
绕过门票与游客们各式各样的相机
来到哲蚌

我用粗糙的手合十佛光滑的倒影
学着掏空自己，就好像拉住了时间之手
轮回之腕

我的身体是千丝万缕的线
需要哲蚌这根针的
牵引

旧句：羊卓雍措

这是高原的海，我在它的镜子里

放下心底的深渊

并贡上剔除干净的心脏

弓下身子，我更要

解读这份充满玄机的信

一定要找到它前世和今生的真相

我还得在我长好的心脏上

种下它的一滴泪

脚是系在我身上的路

我须带这滴泪

上路

口 弦

竹子做的口弦,有流水的声音,少女们弹爱情
妇女们弹生活,男人们留下来,做口弦

口弦好弹,情话难说,你再不说,未婚的女子
就一个个都要嫁人啦!

你有老虎的胆;你有鹦鹉的舌;你有蜜蜂的嘴
可你到底有没有,一颗真诚善良的心?

悲伤的人把悲伤留在口弦上,快乐的人把快乐
留在口弦上

像我这样不痛不痒的人,没什么可留在口弦上
只能把一首写坏的诗,留在口弦上

勒阿复原图

山前：是一片四季分明的庄稼地
屋后：是众神永久地居住着的群山

东北方向是扎色神山，正西北是年卜热桑神山
这两座神山，像是勒阿的左膀右臂

勒阿的右肩上，有座白塔，左肩上，次曲在流
太阳总是从白塔上升起，从次曲里落下

勒阿心脏的位置，冒出一股清泉，清泉上转着
一轮水力转经筒，经筒旁守着一株千年老树

勒阿的祖祖辈辈，都在勒阿的胸口火化，骨灰
渗入勒阿的泥土里

勒阿的膝盖处，隆起玛尼堆，勒阿的脚，伸出
好多条，能抵达彼岸的路

不好复原的，是一代又一代被时间卷走的勒阿人

离开的时候，连唯一的名字，都没有留下

青稞标本

没有土地,没有足够的阳光和雨水
光天化日之下,赤裸着身子

这些羸弱的女人,不能产下一男半女
她们被不同型号的显微镜窥视着

风干,让其失去原来的姿色,并把
干瘪的躯体、收缩的灵魂都记录下来

为防止霉烂,需要把她们装进橱柜
然后,贴上标签,再密封、保存

这一次我又写到青稞

这一次我又写到青稞,写到一群身残志坚的人
他们的疼痛,始终是我不能表达的部分

活过来又死去,死去又活过来,如此反复
把轮回的真谛,都撒播到我的诗句里

青稞是祖先留给我的盘缠,也是我唯一的遗产
我写着青稞,好像写着长长的遗嘱

"谁把爱献给贫穷的人,谁就把爱献给了诸神
谁把爱献给所有的人,谁就是我的神"

舟曲书

这些诗句,是太阳的花瓣,请你取下。

——题记

1

云端的鹰,让我住进你的眼睛
我要俯瞰我日日夜夜仰望过的舟曲
你看,那牵引着大海的白龙江
是我倾尽一生都不能写下的一行诗
而此刻
我正徘徊在逆流而上的昨天和顺流而下的明天之间
群山谷物般高高隆起,人类坐在粮食上,我在它们之
　　中一眼认出了那座叫拉尕的山

2

一只鹰,头戴日月的王冠,落在拉尕山巅
把天空的消息,带给大地

这时候鹰与拉尕山一样高

我的诗句也跟着有了海拔

我写下拉尕山,写下这鹰的坐标

3

风是遁了形的鹰,鹰是现了形的风

我需要风,需要把舟曲的方言,捎给远方

在一声声乡音里,辨别故乡的位置

凤凰涅槃

那涅槃的凤凰会不会就是另一只鹰?

盘旋在舟曲的高处,诉说着舟曲的过往

4

日月是天空结出的果实,需要由鹰来认领

我在一对对楹联与一幅幅字画里

看到了沾满墨香的舟曲

疮痍满目的舟曲;从水深火热中走出来的舟曲;

　泥沼之上开出花朵的舟曲

鹰是见证者

多少年过去了,我在鹰的身体里依旧摸到了亲人
　的哭声

一袭碧波的白龙江,从悬岸夹峙的西倾山奔涌而来

试问,那奔流不息的白龙江

会是谁不小心溢出来的一滴泪?

5

我是一个汉字,行走在纸上

我把一滴泪安置在我的诗句里

我坚信光明之手,注定要掏空黑夜的腹

再看看,每一颗星星都是一滴洗净的泪

分布在天空的屋顶

6

你看到那只被天空含在嘴里的鹰了吗?

或者,那是天空的一只眼睛

又或者,那是替我守候舟曲的另一只眼睛

那些置身春天的人，那些被阳光照着的人
他们是幸福的
他们像端坐于麦穗里面的麦粒，紧紧拥抱在一起

7

我固执地写着一只鹰，因为我也有飞翔之心
是的，舟曲一直在我的头顶
我是舟曲的一小部分
我要说：灾难已经过去，我们的时代来了！

疼我的那个人离开了勒阿

1

空空荡荡的勒阿
它把我即将要书写的那个人藏起来了
藏得好深
我倾尽所有眼泪,也没有找到那个人
很多快乐没有内容,可我的眼泪证据确凿
眼泪是心的遗物,我用眼泪寻找那个人
那个始终不会出现的人
一张纸上,是很难写出哭声的
词语单薄,无法御寒
我对我写下的文字大失所望
只能努力在稿纸上收集哭声
用哭声取暖

2

又在写恼人的勒阿,它与时间合谋

悄无声息地藏了好多人

生命是时间扬起的尘埃，多年以后

我一样也会被藏起来

我悲痛于：它们把疼我的那个人藏起来了！

永远地藏起来了！

我在绝望中寻找——

寻找那个把我一次次扶起来自己却倒下的人

寻找那个丢下我一声不吭就走掉的人

寻找那个让我心生愧疚的人

霎时，世间所有的雪，朝我一个人下

我的一生仿佛置身在茫茫的、无边无际的大雪之中

除非找到那个人，不然我心里积攒的雪终年不化

堆砌在纸上的词语，像是被灵魂抛弃的肉身

未找到那个人之前，我所有表达是徒劳的

3

藏起来了，没有任何征兆

像天空收掉可能的雨水，留下太阳的假象供我参考

现在只剩半个勒阿在我的词语中

另一半被我要寻找的那个人带走了

我用文字垒起高墙，也想把自己藏起来

把装着大海的那一滴泪藏起来

把所有的不幸都藏起来

结满星星的夜晚，我捂住自己的伤口

继续寻找那个人的下落

眼泪好像成了我唯一的线索，我只好与眼泪滴血认亲

4

除了一些不痛不痒的句子，我能在纸上留下什么？

还在写着关于勒阿的陈词滥调

写着怎么写也写不出新颖的疼痛

写着被时间无情地抛弃或掏空的生命

眼泪里埋着我的文字

那些揪心的词语从我的身体里滑落下来

我用文字呈现的，并不是撕碎的自己

提起的笔是刀子，正一刀一刀切开我

翻出我身体里的大雨

我在纸上写下的，是时间的呼吸吗？

我在我的纸上跪着

我要留下我的忏悔给那个人

5

我从勒阿离开的时候，雪正在下

我回来时雪已经不见了

多少个夜晚，我无法合眼入睡

夜深人静，我从书页里起身

黑夜的纸上涂满星星

我怀疑这些星星就是夜晚情不自禁流下的眼泪

我要找的那个人，一定藏在星星里面

不然为什么那个人总在我心里暗暗发光

这些年，我越来越害怕发光的事物

它们暴露在众目睽睽之下

很多时候，我绞尽脑汁藏起自己

可透明的世界我无处藏身

我是站着的，人们却只能看见我倒下去的影子

我把我埋在词语里

倾尽所有词语，我都想找到那个人

6

我已经沉默了太久
我的沉默里住着我要找的那个人
已经没有什么让我欣喜若狂
我学着让自己平静下来，努力收敛自己的坏脾气
　　与欲望
只有让自己变得干干净净，才配寻找那个人
想要看高处的风景，就得把自己压得很低
我一边找那个人，一边找自己该有的位置
猫在老鼠堆里把自己当成了虎
我告诫自己，千万不能这样
文字并不是我的强项，文字应该是我的软肋
一纸空文，我最想写的词语依然是：忏悔！

7

我在思考：一片光明之中，黑暗会不会是另一盏灯？
我始终还是没能找到我要找的那个人
我被那个人长久地占据着

所以，我是两个我

我将自己安置在一片黑暗中

我寻找的那个人，就是照着我一生的人

他刚把我扶起来，就从我的生命里消失了

他刚走，勒阿就空了

8

还是在勒阿

我多想用文字拽住那片青稞地

让青稞地继续长出青稞

我多想用文字拽住多年前的那些牛

让牛群继续在地里耕耘

显然，这些都已经不可能了

我只能用文字写下一声又一声的叹息

鹰把头顶的天空打扫得干干净净

当我回过神来准备好好看看天空时

鹰消失在我的视野中

疼我的那个人早早地离开了勒阿

我的一生都在寻找

我替离开的人默默地站着

顺便,整理我那些折断了的词语

羚羊城

1

羚羊刚走,我就来了
我赶着鹰和羊群,在水草丰茂的地方定居下来
我让鹰在天空繁殖,让羊群在草原上繁殖
后来,鹰幻化成星星出现在人们的头顶,羊群呢?
应该就是我们现在看到的,遍布草原的白塔
再后来,他们拖家带口,都来了
在这里,建起家园

2

羚羊走了,其他的都没走
都留下来,在风马落脚的地方,建起这座名为黑
  措的羚羊城
马匹来了,牦牛来了
喇嘛来了,寺院来了
能来的,都来了

在经幡猎猎的羚羊城，我带着诗稿也来了

我们都来了

都愿意永久地在这里定居下来

抬头看鹰，低头看马

3

跟与太阳称兄道弟的鹰打个招呼

让白云把羊毛还给羊群

我要赶着落日与羊群

去青草肥美的牧场

在那里过夜，做最好的梦

穿上厚厚的藏袍

我还要把弹唱在牧歌中发扬光大

直到把夜弹亮

弹出黎明，弹出明天

4

我把绿松石的词语拿出来

我把红珊瑚的词语拿出来

我把蜜蜡的词语拿出来

镶嵌在羚羊城蓝绸缎一样的天空

让吹开百花的风,也把我的爱在这里吹开

你们看到那白发苍苍的雪山了吗?

那里寄存着我的思想

流水的歌声正是从那里流出来的

5

羚羊城早早地在我的诗稿里建立起来了

我精心挑选的诗句都是种子,在稿纸上破土而出

有望开出最美的花朵

现在,我们需要把海螺吹响

把鹰笛吹响

把太阳一样的明天吹响

让我的诗发出声音,让羚羊城的明天发出声音

坪定村偶得

这是一个惬意的下午——

阳光照着,暖风吹着,时间缓缓流着

树荫下,终于可以安心躺一会儿

这时候,你所拥有的忧郁,也是美丽的

舍不得睡去

那无穷无尽的思考,都是累赘

万物正逼我写诗

6月28日,美仁草原遇雨

天空被厚厚的乌云,团团围住

偌大的草原上,隐约可见几头牦牛顶着大风

在雨中埋头啃草

此刻的头顶:鹰群早已归隐,雨水正经营天空

最让我耿耿于怀的,是关于鹰的消息……

雨越下越大,我们都是雨中之物

就算躲进大巴车里,仍绕不开尘世的茫茫大雨

就要起身离开了

几天的折腾,我早已疲惫不堪

窗外,美仁草原的雨,还没停下来的意思……

词条：俄合拉村

前方即将抵达目的地：俄合拉村
今天的俄合拉村被大雨选中
当然，你完全可以想象大雨之外的俄合拉村
——羊群穿过街道，车流被迫停下来
司机熄掉烟，从车窗探出头
对面的山坡上，鹰在集合
无数的我们撑起雨伞，徐徐下车
与俄合拉村会面
我们都被大雨选中
在俄合拉村搜集写作素材
可是，我所能写的，并非是我想写的
我悲痛于，能纳入我的诗里的总是太少
当我打开手机
手机定位显示：合作市佐盖曼玛镇俄合拉村
再往下不写了，把这句当成这首诗的坐标吧！

甘南有寄

夜色朦胧，星星们还没有完全睡去
星空之下，影子是肉身存在的证据
这时候，我正试着从易碎的万物中提取诗句
重要的，总被我们忽略
无关紧要的，我们却不遗余力去拼命书写
而我的心烦意乱，是谁也无法纠正的错别字
没有痛苦，就没有诗篇，这点，我是笃定的
我早该如实告诉你，我被暗器所伤
再也不能流畅地运用，词语的，降龙十八掌
左手边的甘南：我唱歌的喉咙
我需要和盘托出的，是诗行里逐渐消失的
一片古老的青稞地，以及鹰
右手边：诗句呢喃，空白自语

鹰与甘南

我深思熟虑后,欣然写下:鹰与甘南

这样的表述会不会过于牵强?

我翻遍珍藏的词语,只找到了鹰与甘南的搭配

其实,越来越多的鹰,我们是很难看见的

夜晚,鹰以星星之相呈现出来

白天,鹰以太阳之相呈现出来

风,也是鹰的另一种相

不瞒你说,我所有深情都统统消耗在鹰的身上

我们肉眼可见的白塔,是鹰火葬后留下的舍利

刚刚好!只有达到类似甘南这样的高度

才适合鹰来搭巢

傍晚,在当周草原

所有的草原大抵相同,草是最主要的组成部分
牛羊的一生,全靠这一点血脉来维持
不断有马群闯入我的诗中,这些不足为奇
于我而言,它们仅仅是,某个司空见惯的意象
天快要黑了,晚霞在天空打坐
我所盘问的鹰,终于露脸了
落日是流失的修辞,而鹰,就是我要写的落日
面对当周草原,我是时候要低头了
桀骜不驯的词语,有时也需要一瞬的匍匐

合作市的此刻

大梦初醒……

经历了多日的雨,熬到傍晚

天空终于放晴

我祈盼已久的鹰还是没有出现

对头顶高高在上的天空,我不抱有任何期待

毕竟,谁也无法掌控天空的话语权

我反反复复奔走在合作市

那些囤积多年的热情,早就一点点消耗殆尽

过分的赞美,只能留在文字表面

我现在能拿出来的,只有颤巍巍的战栗

合作市的此刻,人影绰绰

广场上的锅庄舞表演,即将开始……

我无心观看

万物皆黄金,可我满脑子只有鹰

内心深处豢养多年的鹰,却始终没能飞起来

这让我黯然伤神……

塔尔寺

1

太阳劲照,另一半在天空燃烧

蓝色的天空,伸出云朵
高处,语言的石头落下来
落在历史的遗址上
先形成塔,后形成寺

2

宗教的风吹着鲁沙尔镇
庙宇渐渐浮现出身子,扛起格鲁的天空

时光沉淀,日积月累
盏盏油灯突然睁开慧眼
顺着法号声传向远处
一个圣洁的时辰,佛的真身缓缓而来

3

宗喀巴大师的智慧从一株白旃檀诞生
时间深处,厚重的经卷里
开始有红衣喇嘛出没
我们可以目睹修行者虔诚朝拜的过程

香炉中的桑烟均匀众生的呼吸
骚动的尘世渐渐趋于平静

4

菩提结果,结出壁画、堆绣和酥油花
坍塌的哀伤再次呈现
那些丢失的记忆似乎在慢慢回来

被凿了世世代代的壁画
被刺疼了的堆绣
被艺僧温暖了千年的酥油花

一时间渗入雪域

一尘不染的词语洗涤它们

并且诉说出它们内心的秘密

经幢上的梵文正在收集这些事迹

5

金瓦殿内,年事已高的喇嘛盘腿打坐

他早已取走烦恼

刚闭目,明晃晃的光芒就迎面而来

金瓦殿外,一束束野花

将自己完全打开

隐藏在它们体内的疾病和灾难

待在暗处,无人察觉

离金瓦殿不远处

一群群鸽子在低空飞翔

比鸽子低许多的是佛

在草丛和土砾之间,佛审视众生

虔诚的朝拜者把低处的佛

高高捧起

6

最后的太阳燃烧后的灰烬

在语言的石头上颤动

是塔,是寺

是遗址

白海螺

1

天空保管着星辰,大地保管着河流
谁保管着白海螺?

2

鹰在高处
现在,我想把鹰稍微写低一点
把众觉者供奉在高处

黄金般的母语,它是我的血液
我也愿意把它安置在高处

善良、仁慈、智慧……
正义、勇敢、勤劳……
这些都应该摆放在高处

我四下打听白海螺的下落
也要把明灯一样的白海螺,摆放在高处

3

说到紧要处,又得把话头岔开
给你留点悬念

我要写的,正是被他们遗漏的
白海螺是我给我造的心

我写到一盏结满灯花的灯
它是它自己的眼睛
它是它自己的嘴
它是它自己的心
它是它自己的魂

风,让一盏灯有了心跳
我在风中,寻找点灯的人

4

黑暗和闪电一起颤抖
白海螺之声穿行期间
听到了吗?
此刻,有人正在为死去的人嚎啕大哭
也有的人为活着的人嚎啕大哭

疼痛让我的诗,难产
我囚我
我在我的诗里坐牢

5

风把落下来的风马再次吹起
那一年,风调雨顺,青稞满仓
转山的人把白海螺吹得响彻山谷
据说,有人听见了自己的来世
顺着白海螺,找到了自己的闪电
以及雨

6

总是在夜晚,我会听到老人们讲的好多故事
或者,我们一直置身夜晚
也只有在夜晚,我们才需要一盏灯
没有夜晚,灯只是摆设
可是,就算白海螺是摆设
我也坚定地相信它的身体里
仍然潜藏着无穷无尽的声音
那无穷无尽的声音,时刻召唤我

7

冷,我需要枕梦取暖
我还要把没流完的那些眼泪带进梦里
在梦里,死去的人全部活过来
我一一地辨认他们

我肯定一下子就能认出夺我眼泪的人
却无法将他们带出梦外

8

我被紧锁着,我也打开着

我义无反顾地行走在白纸上

我是我自己造的字

我留下的字,是我的心

我被拆开,我被组合

即便这样

我也甘愿卑微地活在纸上,死在纸上

用一生去书写那枚,在众人眼里

无足轻重的白海螺

9

风说过的话,只有风懂

半夜醒来

我好像在黑纸上写着白字

我写出满天星辰,它们忘记发光

我写出凝固的河流

我写出行走的路

我写出移动的大地

我写出白海螺，白发如雪的忧伤

10

我无法挽留一朵凋谢的花

清香是有的，芬芳是有的

可是，春天在哪里？

在雪后？

我寻找着

或者，春天就是白海螺

正在唤醒沉睡的人

11

有些词语自诞生起，灼灼发光

有些词语，灰暗一生

而词语本身，是清白的

在闲言碎语的纸上

行走着各式各样的人

我也混迹其中

我混迹其中，为了洗净词语的污垢

词语是我在世的倒影

无法还原的白海螺，成了我的词魂

12

冬天看守着我的雪

咬破手指，血又是另一种泪

我们早该滴血认亲

我想好了，也要让我的眼泪与大海结拜

只有大海，才能诞生白海螺

有朝一日，白海螺真的无用

我就连同眼泪，把它归还给大海

纸上待腻了，我们在纸外，相见

13

那些沦落于黑夜的人，才需要灯

我不想说人们寄予厚望的灯

照不亮那些需要被照亮的，枉为灯

不管怎样，我还是需要赞美灯

一生都在履行同一件事

那些热恋的人，也能像一盏灯一样

一生只爱一个人，多好

灯是我诗里的矿，也有用完的时候

我一直耿耿于怀的那枚白海螺

它就是在光天化日之下，消失的

我在想，白海螺一定也被灯照过

可是，灯总这样

一切看在眼里，就是只字不提

真想逼灯说话

14

你的夏天还没过去

我的秋天已经来了

树们刚脱完叶，自己审视自己

我在树下冥想

有风开始进入我的身体

沐手

打开一卷残破的经书

我想尝一口词语的果实

我也渴望太阳

可谁的一生不在雨里？

回头，历史永远藏在我们身后

我的回头就是往前走

白海螺紧跟其后

15

能放下的都放下，不能放下的也要放下

放下不重要的，是智慧

放下重要的，是顿悟

放下名，得名

放下利，得利

那么，我的眼泪该放在哪里？

用一滴泪去唤醒另一滴泪

或者，眼泪本来就是因为放不下而诞生的

痛苦、绝望亦是如此

告诉我：穿越时间与死亡的白海螺放在了哪里？

16

我用白海螺呼吸

累的时候，我唱我自己的歌

我的词语正在酣睡

鹰迟迟没有出现

经幡在我头顶的雨中，与天空对话

我抬头，默默看天

好像默默看着白海螺

17

树一定是靠根活着的

白海螺是我的根

我的词语因白海螺而暗淡

也因白海螺而灼灼发光

故乡是我的伤口

我写到已经回不去的乡土

有两粒青稞正在滴血认亲

我突然有点语无伦次了

词语在诗中乱了阵脚

我不知道我在说什么

你懂吗?

18

星星和夜晚生长在一起

爱和眼泪生长在一起

我和白海螺生长在一起吗?

不是的

我反反复复地说过,白海螺丢了

真的丢了

但我相信雨总会停下来,我要说的是

他们的眼睛,需要眼泪

他们的灵魂,需要晒太阳

19

我是我的悲歌，我是我的绝唱

我要把纸的黄昏用光

高处的，风带走

低处的，水带走

带不走的，统统留在我的纸上

我要打发所有跟我上路的词语，去寻找白海螺

找不到，我就哭

20

半夜，老鼠出洞

无猫的时候，老鼠是轻松的

这鬼鬼祟祟的家伙，把屋子翻得底朝天

我拿它一点儿办法都没有

我不愿让鼠进入我的诗

怕它在我的诗里到处挖洞

猫，快来救我

是不是十二生肖里没有猫的席位

猫心里不快，故意整我

实在不行，重新给生肖排位

把猫也加进去

我突然想到了欲望

当无处安放的欲望像老鼠一样横行的时候

我们该怎么办？

是不是需要用白海螺审视自己？

并给漏洞打个补丁

21

等煨桑台上无人煨桑

我就在那里火化我的诗稿

让火焰读我的诗

我写诗，就是开药方

我的诗思想凌乱，字迹模糊

你能容忍吗？

太轻了，诗

诗是蚂蚁的口粮

你只知道我仰起头是为了看天

却不知道我仰起头也是为了不让眼泪落下来

请问：你想在我的诗句中，读到什么？

白海螺真的丢了，没有下文

那么，就由我来充当下文

22

把合十的手放下来

祷告已经换成劝告

也无需解释，很多解释纯属多余

青稞无法喂饱他们

我要置身夜晚，去播种星星

幸福的人，我祝你快乐！

我说的白海螺，你一定不会懂

如果你碰见大海，就当是我的眼泪

纸容不下我

真想把纸上的脚印擦掉

带着白海螺，踉踉跄跄地从纸上下来

23

我拿什么赞美故乡?
用我写坏的诗?
你信吗? 我写的诗,是我留给自己的子弹
我一直朝自己开枪
想把身体里藏着的颤巍巍的白海螺逼出来

24

心要说的话,被嘴抢着说了
现在,嘴无话可说了
无话可说的时候,我就写诗
诗是我的白海螺
当然,这个比喻有点不合理
白海螺可能卖出好价钱,诗一定卖不出价钱
诗的骨头难啃,我请眼泪一起读

25

雨让我知道了，天空还有点东西

可他们不懂白海螺

我只好固执地，写诗

我写到红珊瑚、绿松石、旧玛瑙、老银盘

相继从故乡走出来，然后消失

我写到一群失业好久、被牛贩子牵在手里的牛

从故乡走出来，然后消失

我要写的白海螺

过早地走出了故乡

我还没反应过来，也消失了

你问我诗是什么？

现在，我要告诉你

诗是我微微的咳嗽，不经意间被你听到

白海螺呢？

是时间的血

26

我的语言,需要白海螺

白海螺是埋伏在我心里,长长的低音

你听不到

小心,我满纸的刺,会扎到你

我呢?即将成为昨日风里的风、雨里的雨

只字片语,能说明什么?

不要老想着用黄金装饰自己

只有甘愿做土,才有望成路

27

我的诗在命运的旋涡里打转

我的身体是冰冷的词库

幻想用充满墨水的词语表达自己

有时,真理是在争议中存活下来的

我过分地要求你,可我又能做到什么?

只能把无用的舌头,献给沉默

瞧!火的伤口上,站着火苗

白海螺，这实词之实，虚词之虚

我从火苗上取下来

投入火中，妄想把肉身和灵魂分开

28

乌鸦：一首不合群的诗

邀请过来，在我的诗里，坐坐

诗与诗相爱，或者，反目成仇

纸的伤口，露出词语的骨头

望你容忍，所有振振有词，都有它的弊端

就像白海螺，它不应该频频出现在我的诗句里，影
  响我

这样，我就可以放大快乐

把内心的忐忑，略写

29

让我困惑的白海螺，让我词不达意的白海螺

我要使劲摔它，看它碎不碎

看它能不能摔出一点声音，或者，一尘不染的心
你的欲望，永远无法满足，我的亦是

我们背着沉重的欲望在世上行走
累的时候，我们需要把欲望卸下来，顺便摸摸自己
　的心
你会发现：
领你远行，甚至可以当拐杖的，只剩下我们的心
我在纸上定居下来，为了守住纸的贞洁
苦难使灵魂丰腴
所以，穷困潦倒的时候
也不妨碍我写出黄金万两的诗

30

可以吗？
给你端上鸡汤
让我咽下鱼刺
我已经疼惯了
鱼在水里

你担心被淹死

怕水的是不是你?

或者

你的担忧纯属多余

我从来没有见过孕育白海螺的大海

但我知道,鱼永远穿着那一件用海水缝织的衣服

我常常梦见那盗螺人把白海螺还回来了

在我的诗里忏悔

也常常梦见祖祖辈辈用旧的故乡

在我的诗里发出新芽

31

白海螺

我来收尾,你来开头

金嘎乌

愿我的叹息,给予你思考,给予你力量。

——题记

1

金嘎乌,请收留我无家可归的诗歌
山巅的积雪刚刚融化,一场大雨,又带来好多雪
我被大雪惊醒

我的怜悯不值一提,不要用死亡成全我的诗歌
我在纸上种一些心,坦荡荡的那种
你们有吗?

2

金嘎乌,我无法说出体内囤积的爱
正如星星的碎银无法糊好黑夜厚厚的墙
我正在经历黑夜

拉我一把，我需要阳光，更需要把掉价的慈悲高高
  举起

好多路，诱惑我的脚
携诗前行，在没有路的尽头，把自己走成一条路

如果诗是炸药，就得炸出一条路
如果诗是刀戟，就应该戳疼我

3

金嘎乌，我越写越感觉到你与我要表达的主题无关
但，这并不影响我写你
文字是我最后的尊严
我必须写你，义无反顾地写你
写一盏灯，熄灭以后的，光

你要忍受我的无理取闹，你要忍受我的无中生有，
  你要忍受我的刀子嘴
还你干干净净的纸

活在纸上

也活在心上

4

金嘎乌,语言的裂缝是光进来的地方

空纸茫茫,我要留下破碎的诗句,等光的莅临

笔是金刚杵,让慌张的字井然有序地落在纸上

不用斟词酌句,即便没有词语,思想依然存在

我要给我写下的词语招魂

我也感谢词语

感谢词语让人们看见我

当词语开始凋零,我才会出现

作为补充,我适合待在那些轰轰烈烈的词语后面

5

金嘎乌,雨总要下

那雕过念珠的木头总要遭受刀斧之刑

我习惯了

口渴,就用大雨解渴

我已经等了好久,他们还是打不开门
听说换锁的人,把自己锁在房子里了

你觉得我靠语言活着吗?
眼泪、骨头、血,构成了我,缺一不可
我在思考:怎么样把诗歌从纸上搬到心里

6

金嘎乌,昨夜的风大,似乎要吹走月亮
我一夜没有合眼
我甚至昼夜颠倒
游手好闲的人,请不要闯入我的语境里
我疼

时间并不愿意我们永远地活着,早早给我们定好了
  寿命
那就请提前选我吧!

让我在刀尖上打坐

让我在刀鞘里安眠

7

金嘎乌,我正在用诗给纸续命

纸与诗是情侣,所以我不想我的诗给纸添乱

善待纸,保住纸

我的生活过于简陋,我的诗亦如此

只给廉价的良心代言

我的诗里没有贵贱之分

我的诗里都是善良的人

我诗里的坏人,有望悬崖勒马

不小心说到马

是谁大言不惭说我没有马,我的双脚不是吗?

8

金嘎乌

我诗里的爱情,与戒指无关

谁也别枉用黄金来衡量我的爱情

我的确需要物质,但请不要用物质来侮辱我

我说的面包,并不是由粮食构成

靠面包活着的人,也会饥饿

有人饿死了,也没去偷,也没去抢

他们的灵魂至少是饱着的

有人大鱼大肉,可到处行骗,无恶不作

我视这类人为饥饿的人

我也饿,也渴望饱

9

金嘎乌,你认同吗?没有比眼泪更干净的海

我需要眼泪,需要用眼泪测量眼睛的深度与内心的
　　广度

我见过哭的人,他们好像为活着的人哭

他们甚至流出了眼泪

清澈的眼泪,混浊的眼泪;真的眼泪,假的眼泪

不说眼泪

我说到的眼泪多么不合时宜

还是笑一笑吧!比起眼泪,他们更愿意接受笑

10

金嘎鸟,可惜我没有金属的身子

无法将自己锻打成一把刀

是的,刀

不要怀疑一把刀说出的慈悲

他们活着,是给别人看的;我活着,是给自己看的

活着与活着是不一样的

我在我的身体里看我

我身体里的年轻,我身体里的衰老,我身体里的
　　幸福,我身体里的眼泪……

除了这些,我身体里还有什么?

有时候，我的身体是机器

有时候，我的身体不属于我

我总感觉，我的身体由别的什么长久地占据着

我缺一把刀，用来看见伤口

11

金嘎乌，我不要抬头，天空没有我要找的东西

低头呢？地上似乎也没有我要找的东西

我要找的，都在心里

那些流于表面的，谁愿意要就给谁

反正我不要

我只管穿好衣服、系好扣子，不该露的，不露

不横行，不霸道

把鸟的飞翔还给鸟，把火的燃烧还给火

把生锈的枪给我，我正好缺个拐杖

12

金嘎乌,纸也空空,心也空空
落在纸上的字,有时候并不高深莫测
或者,是我的罪状
或者,是我欠下的债
或者,是我无病呻吟时不小心留下的

我需要纸
纸是纱布,用来包扎我的伤口
我在纸上留下的片面之词,请保持怀疑
也请保持一定的距离
我所说的存在,很多人或许看不见

13

金嘎乌,积攒了这么多年的雪,这些雪早在我的
　身体里形成了一座雪山,不肯融化
我在纸上,一眼就认出了雪
顺着雪,我找到故乡

而属于故乡的诗，我渐渐不写了
那些死去的人，他们无法在我的诗句中复活
我怕再次触及我的眼泪

只要提到故乡，我的诗句都是湿漉漉的
就好像我没有给故乡写诗
只是把故乡的小溪搬到我的纸上
我愧对故乡
我皱紧眉头写的诗不能疗伤，反而增加悲痛

14

金嘎乌，夜晚不适合出现太阳
适合睡眠，适合入梦，适合从梦中醒来
适合失眠的我蘸着夜色写诗
一直写到梦醒
一直写到天亮

没有什么值得让我欣喜，既然叫不醒他们
就让他们多睡一会儿

诗当不了拐杖，我就匍匐

用额头，问路

15

金嘎乌，路永远是路，就算没有路，依然是路

同行的人，越来越少

我可以说声孤独吗？

他们谎话连篇，让纯洁的纸蒙羞

我在一堆谎话里淤泥满身

请洗净我

词语都是你们看到的糟粕

我身体里才有散发不完的芬芳

向纸外看

不要妄想用一首诗来完成不朽的一生

16

金嘎乌,我视你为镜子
以便认出我的丑陋
我要拿我先开刀,取下我的阑尾
好好感受生命给予我的疼痛

只要能感受疼痛,割点肉也没关系
我就怕不痛不痒地活着

请原谅我这个危言耸听的家伙,把疼痛也说得如此
　　高尚
谁没有眼泪?只是我流得不合时宜罢了
让他们尽情地唱吧!让他们快乐地跳吧!
不要管我,我是来人间受难的

17

金嘎乌,金留给他们,嘎乌留给我,用来监督我写诗
请原谅我:我写到的佛珠只是装饰胳膊的

请原谅我：我写到的青稞只是行文里的一个元素

请原谅我：我已经写不动酥油灯了

我想见的，已经永远见不了

落了一地的月光，带我走向夜晚

我累了，需要休息

烦请大家，自己学着点亮自己吧！

18

金嘎乌，这冗长的、不修边幅的内容与你有什么关系？

我一节一节地写着，好像续我一截一截的骨头

好像续我的命

我不学人讲理论，他们的理论未必适合我

我不求人找方法，所有的方法都会过时

我让字们相亲相爱，不分彼此

我让字们互帮互助，远离嫉妒与仇恨

我让字们永远拿起悲悯，放下嚣张与飞扬跋扈

我必须善待字

它们与我同呼吸、共命运

它们是我身体的一部分

19

金嘎乌,都在觊觎你的位置

我一直想把你撤下来,找另一个词语来替换你

可惜还没找到

我没找到的太多,我需要的好多都被人拿走了

我请你来,就是要你带着我的字民们,浩浩荡荡

 地前进走最光明的道路

他们不理解我

我把他们对我的误解与偏见,都理解成爱与善良

他们需要提升,我不需要,我需要留在原地

等那些迷路的人

带着他们一起上路

20

金嘎乌,他们看不到我的思想
正如我看不到他们的欲望
或者,我们各忙各的,彼此不看,也顾不上看
不看也罢

他们行文里庞大的意象正与他们的小肚鸡肠形成
　鲜明的对比
是时候放下自以为是的、高超的修辞了

不用炫技
好好说话,说人话
也不用取悦大众,好好善待那过于小众的良心
在我看来:惊为天人的,不是出众的诗艺
而是一颗慈悲心

21

金嘎乌,我够冷静了

我常常在纸上整理我的心跳

你就把我当成铁匠吧!把我写下的每个字都当成

　铁器

是的,打铁还需自身硬

我不需要那么多的铁器来证明自己的硬度

我给他们打铁,让他们用

让他们硬起来

虚胖也是胖

只要能瞒过瞪瞪众目就好

我就是那个软弱的打铁者

22

金嘎乌,诗是心的指纹

我写着小我,我写着大我,我写着众我

写着脆弱不堪的信仰与真诚

写着人们忽略的那一部分

我把青稞带进诗里也没用,已经不需要种植青稞了

就算我固执地带进诗里

也只能扩充一下我过于单调、过于枯燥的词汇

我劝他们不要读我,他们还是读了
说真的,尊严并不是从嘴里获得的
也不是从文字里获得的
不管你认不认同,我都会把尊严安置在纸外

23

金嘎乌,请宽恕我!
疾病威胁着我,我简陋的诗,治不好我的旧疾
为了讨好他们,我呼之欲出的词语
被我强行关押在身体里
老说一些自己不愿意说的话
老写一些别人愿意读的诗
我需要你
我健硕的身体里住着残疾的灵魂
我偷来菩萨,求保佑
我的爱大过于憎,还不能更好地分明
我老是盯着别人的缺陷,不懂得审视自己
宽恕我,我要找到病根

24

金嘎乌,我有足够的雪迎接冬天
也有足够的星星迎接每个夜晚
一语不发,不代表我是沉默者
我必须跟现实较真,跟现实较劲
能发出多少声音,尽量发出多少声音
写诗的人很多,他们只知道才华当钱花
可他们并不知道怎样才能写出好诗
仅有点才华是远远不够的
写诗,更需要一支健康的笔

25

金嘎乌,雨是从半夜开始下的,我毫无睡意,卧床
　　听雨
我没有刻意要把雨带进诗里的意思
相反,我殷切希望阳光出现在每一个阴天
同时也出现在我诗的每一页
温暖那些需要被温暖的灵魂

面对雨,我别无选择,只能把伞一样的思想留在雨中
活着,就要承受大雨,并欣然接受大雨
我等雨停下来
然后,跟他们好好讨论雨
以及雨中的我们

26

金嘎鸟,命运咬了我一口
我在惊恐中寄去的风马你收到了吗?
语言之针穿过我的身体,把我的命运与纸紧紧缝在
　　一起
好好看看我在太阳下晒黑的脸
也好好看看我写下的白云
请再捎这些白云给天空吧!
顺便给我受难的鹰兄搭个巢
告诉鹰,好好飞
我拿着纸,好好站着

27

金嘎乌,万物都有骨头
铁是刀的骨头,你是我的骨头
我身上的一根骨头威胁着另一根骨头
让他们好好显山露水去吧!我得努力藏好自己
我藏在一堆字里默不作声
文字是我身体的附属品
我相信一定会有人沿着我的咳嗽与喘息找到我
从我身体里拿走我的骨头
我们都需要骨头
没有骨头,灵魂就没有支点
所以,字应该是纸的骨头
我愿意用我的骨头
换取另一根骨头

28

金嘎乌,长话需要短说,文字也忌铺张浪费
我让纸空着,就是为了迎接你

厚厚的情需要薄薄地写，浓浓的爱需要淡淡地写

我相信纸，同时我也怀疑纸

虽然我用纸安身立命

我时不时地还需要感激文字

感激文字们为我出力、为我效劳

我把不能放在纸上的字挑出来

攥在手中

视字为鹰

或为风马

我欲放飞

29

金嘎乌，那些只管往前冲的人，只有迷路了

才会偶尔回一下头

我的回头过于频繁

我也想毫无顾忌地往前冲，把身后的一切甩开

可我办不到

我一直迷路，人多的路上我不愿意挤

我在争议中讨生活

过于真诚似乎并不是一件好事
所以，我得拿出可信的谎言

30

金嘎乌，我写累了，好像没有丝毫要提你的意思
我其实也没打算提你，我需要你来监视我

我的灵魂无处依附
你是我的镜子，我用你来看见我
有时候，我写作不用大脑，只用还握不住拳头的手
有时候，我胡言乱语
有时候，我黑白颠倒

31

金嘎乌，我非得把一滴眼泪说成海，也把小小的
　　悲伤无限放大，还时不时给自己泼冷水
我发烧，我饥饿
我睡不好觉，好多事折磨我

有求于人,我们就使劲低头

无欲无求,我们能不能也学着低低头?

至少,可以认清脚下的路

我相信,总会有一条路等我们走

是的,我非得把路说成诗,无路可走,就用诗铺路

我继续泼冷水,直到把所有人泼醒

32

金嘎乌,我写诗写到走火入魔的时候,请记得拉
　我一把

我没有枕头,急需要写一本可以当枕头的书

我睡不好觉就是由于没有称心如意的枕头

我和他们不能比

他们一门心思积累粉丝与人气,可我还没能好好
　治愈自己的脚臭

我囊中羞涩,写着贫穷的诗

我好失败,写下的诗顽固不化,哗不了众,也取
　不了宠

还企图思想发光，企图用诗完成自己
饿坏了，我想写一点青稞充饥
很多年不种青稞，估计现在找青稞种子都很难
实在不行，我就假装吃饱了

33

金嘎鸟，纸上逗留久了的人，都看不懂人情世故
我迫切需要从纸上下来，回到人群里面
好好生活，好好说话，不装腔作势，不故弄玄虚
努力干干净净地活着
偶尔流流眼泪，洗一洗浑浊的心
我们的欲望太重了
迟早会拖垮身体的
试着放空自己
天空正因为放空了自己
才能容纳下飞鸟与阳光

34

金嘎乌,我刚安慰好了这个人,又不小心得罪了
   那个人
我总是顾此失彼,无法讨好每一个人
现在,我不想去讨好谁,只想讨好自己

我需要的可能并不是鲜花与掌声
我的心需要被解放,我更需要心安理得

一盏灯给予我的小小光明早就无法满足我
我想把我囤积的光明全部奉献给灯
你相信吗?我甚至闭着眼睛走路
我甚至不走路,把自己当成路,让路走我

35

金嘎乌,我太渺小了,我改变不了什么
他们嘲讽我是对的,我接受嘲讽
要走就跟强者走,弱者只会拖大家的后腿

我也是弱者，人微言卑

为了不拖大家的后腿，硬摆出一副强者的样子，

  还大放厥词，说不着边际的大话

我也想嘲讽我

敬畏之心丢掉了，恻怛之心丢掉了……

能丢的心都丢掉了，我没心没肺地写着字

现在所拥有的是什么心，自己也弄不清楚

我视这些字为笔的脚印

让我们一起从纸上消失吧！化成风，吹起纸上的白雪

草草结尾，让纸也空空

米拉日巴圣殿漫步时偶得

有意地,或者无意地,我们总是回避着什么

故意地,或者刻意地,我们总想表达些什么

我们大面积地利用形容词

不遗余力,找来比喻

诗歌的要害处,我们就用虚词弥补

有时候,我们没有听众,一个人喃喃自语

当我们拿着镜子,却永远看不见自己

躲是躲不掉的,是时候面对殿外的倾盆大雨

拉卜楞诗篇

这并不是关于拉卜楞的诗篇,这是关于灵魂的诗篇。我发愿:穷尽一生,我都要在纸上消耗我的虔诚。
——题记

1

只要动笔,总有鹰从笔端起飞
我酝酿的有关拉卜楞的诗篇中,鹰是必不可少的
我的行文里,用鹰过多,有无病呻吟之嫌
不瞒你说:鹰是天空的心跳,也是我诗歌的脉搏
没有鹰,天空失真

2

想写活一堆死字,谈何容易
我写下的黑字有赭色骨骼
行路难,那些奇形怪状的词语阻挡着我
甚至威胁我,想让我跪地求饶

这让我的诗闷闷不乐
我在文献里翻到的拉卜楞不足为信
至于我写下的词语,都是从鹰的身体里获取的
我想呈现给你的,并不是历史的细枝末节
你要好好看看我,怎么在人间行走?

3

鹰的出现,使天空多出了太阳
多出来的太阳,会是我即将书写的拉卜楞吗?
我不知道
但我确定:那多出来的天空
一定是用来装下所有雨水的
发光的金顶,顾不上看
我正在寻找阿旺宗哲大师的祖父梦见的那枚
从天而降的白海螺
我不知道什么才是真的,所以可能会让你失望
梦里出现的白海螺,岂能在现实中找到?

4

鹰是天空写好的句子,被我放进诗里

词语用黄昏辨认我

拉卜楞呢?当然是我诗歌的肖像

成群结队的僧侣,逐渐在我的诗歌里减少

我被词语困住,当我起身离开时,已是夜晚

月亮还在群山后面,没打算接见我

而星星们早已在天空窃窃私语

不得不说,正是夜晚收留了那些无家可归的星星

5

鹰是我诗歌里的闪电

大片的诗歌干旱、枯燥且无病呻吟

最想写的诗,我还没来得及留在纸上

试问:囚禁在纸上的,怎么会是诗呢?

仅仅是字的尸体

我想拜托鹰把那条叫桑曲的夏河

引流到我的纸上

让我的纸上,流淌大河

就算我犯下写诗大忌

我都要说:一万盏明晃晃的油灯,可以省略

没灯时,我才能更好地目睹夜晚

星星呢?

权当是我留在纸上的假象

6

鹰:一部打开的经书

我一边试着辨认,一边忙着删诗

你现在看到的是诗的骷髅,灵魂早已扬长而去

我的一生都在雕刻鹰的墓志铭

即便我钟情于鹰,我也要毫不犹豫地说

鱼不适合水葬

吉祥结上,我见过鱼

鱼让我们迫不及待地把网撒进水里

时间的箭簇上,所有生命统统指向死亡

我的措辞过于消极

作为补充,又把轮回之说轻微地提了一下

不磕头了,我的膝盖受过重伤

让你心悦诚服,太难

我也说不清楚,我额头到底有没有拉卜楞?

7

没有鹰的天空是不完整的,如同纸上没有字

语言的庙宇大面积坍塌

你根本不会知道,写诗是一次次地冒险

要让高傲的心,为谦卑的文字下跪,太难

我想问你:你会反反复复解读我诗歌里出现的白塔吗?

火焰在灯盏上,完成自己

我想:只有走出纸,诗才有可能完成

我此时出现在拉卜楞

似乎更像是为了满足我扩充词语的野心

而此时,我诗的中心,正好形成

给志达的小诗

布满油渍的生活,我们置身其中
我确信:生活是大于诗的

我总说生活,总说柴米油盐的事
估计这些才是诗,该有的味道

我的诗,是从水深火热的生活中
一字一句,抠出来的

我熬夜写下的诗,没有太大用途
只为了洗净,生活的油渍

洛扎老人与刀

好木头要用来雕佛,洛扎老人的刀口上
是慈眉善目的佛

剩下的木头要雕念珠,念珠上
是洛扎老人的刀,走的路

无用的木头雕根拐杖,再不雕
洛扎老人像用旧的刀,越来越钝了

辑三 摘星集

木质念珠

摸摸看,我左腕上盘踞的木质念珠
摸到我祖先发烫的额头了吗?
你或许不知道:我也是木质的
能从我身体里挤出来的,只有火

我佩戴我的祖先,佩戴他们的荣耀
佩戴他们的屈辱
我佩戴一粒粒火焰的心
佩戴枯木眼里,欣欣向荣的春天

你摸到了吗?我这木质的一生
只适合做一串念珠,在佛经里行走
可是,你一定要记住:我还有火
我一直想燃烧自己

如意树

1

大雨不知疲倦地下着,烦恼总出没在雨伞够不着
　的地方
夜晚:一张巨大的黑色地图徐徐展开
苦难压着你
你摸着黑从夜晚出发
脚是延伸出来的路,没有抵达,你的一生都在路上
雨水无法掌控太阳的天空
作为太阳的子民,星星在你脚下生长
万物,皆是你的遗言

2

星群如芸芸众字匍匐于天空的纸上
你发愿,把星星从夜空解放出来
你把编织好的星星放在我们的梦里
世事锋利,我们无法避开锋芒

火焰在纸上燃烧,我掏出的词语无法更好地行走

 在纸上

群星是天空的信徒

在夜晚,总要有人咽下几颗星星

住满词语的纸上,你布置星群

时间飞逝,命运的陀螺永不停息

一串念珠,至少也拥有一百零八次心跳

你起身,从轮回的深井里,打捞苦难

3

星星在夜空修行

众人早已睡去,夜晚覆盖着我们

头顶的星星——这埋于天空之龛的舍利

始终没能更好地落到我的纸上

我滚烫的热情还能捂热什么?

一场场虚妄的梦里,人们无法醒来

万物是时间露出的骨头,你抽身离开

我准备好的眼泪还没来得及拿出来

词语的光线就突然暗了下去

4

天空，这是神的屋顶，也需要太阳加持
太阳早就给天空镀好了金
阳光如慈悲，普照众生
你从一函磨损的经卷中，出发
苦难充斥着的肉身，你在人间摆渡
左手，是无上的真理
右手，是浩瀚的功德
你用慈悲绘就的唐卡，给心脏们打着补丁
洁净如雪的灵魂之盏
又要盛放浑浊之物，又要将其洗净，谈何容易！
你的慈悲，一次又一次地融化
世界，再次被打开

5

圆满总带着些许遗憾
你走了，串起的念珠散落一地
你走了，灵魂回到了自由的故乡

生命是揉碎的时间

天空再也长不出新的月亮

虚弱的桑烟在风中露出命运

莲座之下，众心匍匐

花朵的灵魂寄存在一次一次的凋谢之中

风雨耗尽的一生，也没能拼凑出一块像样的墓志铭

白云归隐，黄昏把落日逼入绝境

我们一语不发，披着夜晚，依靠那些星星小心翼
   翼地活着

天空供出仅有的那点蓝

群山正低头为你送行

你是永恒之光，时间也无法抹去你

6

无垠之中，词语翻滚，但世界一定不是纸质的

语言如雨，倾盆而下

离开之前，请你再回头看看我们：

我们用生老病死，去完成肉身之路

灵魂之事应该交给谁？

我们往水中投石，又质问大海为何不能平息

我们置身空旷的、无边无际的虚妄之中，无法自拔

我们在天空安装惊雷与闪电

我们竟然怀疑真理

我们自以为是地用花朵造句，却不知道真正的盛
　开，是从枯萎开始的

生命，更需要雨水的浇灌

我们放下金灿灿的善良，习惯了用物质更正我们
　深不见底的内心

罪恶滋生罪恶，慈悲成就慈悲

我们需要在心上，建起一座寺院

7

孔雀不为赞美而开屏，群星不为讴歌而发光

青灯万盏，每一盏都朝向你

你是镶满星星的如意树，在婆娑世界静静生长

词语是最不牢靠的

我早早收起那些起草好的流于表面的颂词

甘愿成土，才有望成路

慈悲是你的锡杖，苦难也向你俯首称臣

那高贵的灵魂，我们需要时刻仰望

一定会有什么，高出天空

我们拿什么给你加冕？

你呀！众心之王，背着银发的雪山

踽踽独行在永远的路上

8

没有尽头，每一刻都是重新开始

词语如时间的皱纹，凝固在纸上

肉身是废墟，我们需要打开思想的粮仓

人生荆棘

为了保证灵魂新鲜，还需要一条路

用来完善自己的远行

当然，我们也需要天空

天空是结满星星的如意树

缓缓从你的体内向外扩枝散叶

直至，万物长成星星的样子

赠 诗

想必你已经知道,在勒阿写诗,我出奇地安静
有时候我这边天已经黑了,而你那边还亮着

现在,我这边天刚亮
估计你那边的天正黑着
我不能第一时间把诗寄给你,你还得开灯看

你不知道,我有时候对灯也产生反感
它总照着那些不相干的人,把我的心照出阴影

你那边天亮了没有?天亮的话,请给我说一声
我把写好的诗歌,寄给你

从勒阿寄出去的诗

我告诫自己：左手握住自己的良心，右手写诗
蘸的墨里，必须得有自己淌出的血

得忍住，我还想告诉自己：不能掉着眼泪写诗
读者多么坚强，他们不会为你的诗，流一滴泪

在勒阿，读书不是唯一的出路，漫山遍野的知识
书本上是没有的，书本上写的，不能尽信

有知识的人，我见多了，智慧的人，为数不多
真诚坦荡的人，更是凤毛麟角

一口气写完，我就从勒阿寄出，收到我诗的人
你可以说自己走运了，而我寄出的，是我的心

驴与诗

你没有听错,就是驴与诗,我写诗像驴一样倔
都说驴肉不上桌,我的诗也难上大雅之堂

驴体型小,吃得少,这一点,也像极了我的诗
我写下的诗,篇幅短小,稿酬微薄

驴不值钱,总把自己的驴头昂起来,朝天乱叫
这点,像不像那些无病呻吟的抒情诗人?

我统计了一下庄上的驴:有三只,比起写诗的
还挺多的,写诗的,只有我一个

庄上不吃驴肉的人,打工回来,学会了吃驴肉
说驴肉真好吃,可这么多年,庄上人从不说诗

我诗慈悲

那空空荡荡的身体

那词语的废墟里,结痂的时间

那全部的呻吟与锤炼

都在这里

还有我十万吨的沉默

也在这里

都将汇成一首诗,小小的元素

我要说:诗里放下的

或许就是你诗外拿起的

这令我羞愧难当

我诗慈悲

诗是诗人们咳出的血

诗是体检表、听诊器、化验单

诗是一次又一次地献血

从哭声中出发

在眼泪处落脚

十三行，或者十七行：心事

经幡飘动，我的心事

总是无处诉说

风使我没有方向

天空空出我，那些鹰鹫藏身于此

夜在暗处，我在明处

有七颗星星，只要它们团结起来

我就能看到北斗七星

它们像兄弟，它们守着夜晚

夜晚终将被暴露

我的心事一直延续

我唯一能诉说的是

风在驱赶着天上的白云

把它们赶到天外

天空空出我，那些鹰鹫藏身于此

风使我没有方向

总是无处诉说

经幡飘动,我的心事

即兴诗

我把我这小小的骨头

我把我这小小的宇宙

安置在纸上

我确信,纸是可以发出声音的

纸上晾着的字

也有发烫的前额,也有陷入沼泽的肉身

甚至有不屈的灵魂

可惜,诗的风有时候乱刮,乱成一锅粥

我差点没能挤进去

可是,就算没能挤进去

也不妨碍

这是一首即兴诗

风 马

是风在马上奔跑

还是马在风上奔跑

那动的部分一定是风的心

那动的部分也一定是马的心

此刻,它们奔跑在天空

有了鹰的心

若它们出现在经书中

就会多一颗菩提之心

不写诗的时候

不写诗的时候,我有可能一个人出去跑步了
我会低下头一直走,走得很远很远

不写诗的时候,我有可能在家带孩子
孩子的吵闹声,孩子的哭声,诗里是没有的

不写诗的时候,我偶尔也洗衣,偶尔也做饭
我会把衣服洗得比诗还要干干净净

不写诗的时候,我就回乡下老家种一些果树
多年以后,我一样能吃到可口的果子

屋外的花照样开,头顶的雨照样下
不写诗的时候,我等太阳出来,把自己晒晒

无辜的诗

可怜的诗人,不要妄想用诗,给灵魂镀金
这物质快要把灵魂逼疯了
也把我的诗,逼得面目全非
拎着病入膏肓的诗,我表示很惭愧

我只想从物质中,救出诗
语言的任督二脉打通了又能如何?上锁的心
还是没能找到合适的钥匙
恕我直言,好多诗真的早该动动手术了

只许鹰用天空造句,却不让我用一点点天空
我索性不用了
我也没打算用那个时不时下雨
还伴随雷声的陈旧天空

蜜蜂用蜜写诗,花朵用花写诗
我不知道用什么写诗,只好掏出我颤抖的心

说话间，不知哪位诗人又诗兴大发

把好端端的大海搬到了纸上，白白淹死一篇

无辜的诗

苹果林

你有多久没去那片苹果林了？我的爱人
你说：有多少爱情空开满枝繁花，却不见结果

我去了，你却不在，你去了，我又没来
来来去去中，你我都熬白了头，熬皱了脸

多年前，你的心里住着我，我的心里住着你
多年后，我的心里只有叹息，你的心里有泪

我又去了苹果林，我的爱人，你去了哪里？
我们总这样，不是错过开花，就是错过结果

苹果花开了

苹果花开了,蜜蜂蛰了一下枝头的春天
这多像我们的爱情,被生活蛰来蛰去

苹果花开了,扑面而来的光阴
把我们结成花瓣,又把我们埋入土中

苹果花开了,盛开并不是为了凋落
可是,凋落又为了什么?

一首诗的完成

请抽身离开,不要把诗的脚印留在纸上
你脏兮兮的诗,可能会玷污了纸
纸是诗的坟墓
诗是纸上立着的,诗人的墓碑

除非万不得已,我也不想动用这些词语
以成全我完美的表达
即便我动用了这些词语,我的表达也是
空洞的
我并不觉得,在纸上留下了诗

纸有点像监狱,关押着一首首诗的肉身
而诗的魂,早在纸外已经完成

勒阿献诗

你是我宇宙的中心
我是你残存的星球

让你的火包裹我,提炼出金质的诗歌
那些被销毁的
自然是我劣质的思想

我也入你的火,倘若我不能点亮别人
我就燃烧自己
剩下含金的诗歌

诗歌是我的骨头,用它敲我的钟
唤醒内心的虔诚

当我摸过太阳的手
还不能金光灿灿
你就赐死我,并用我的诗歌埋葬我

一把雕花藏刀

我们的遭遇竟是如此相同

免不了一遍一遍地搜身

可是你钝了,你已经交出了你的锋利

现在你只能伤着我

你身上披着的雕花开始褪色

你被愉悦的人群把弄着

你沉默,有谁会注意你刀子嘴后

藏着的豆腐心呢?

来削我吧!做一把有尊严的藏刀

把我削成拐杖

交给像我一样,赶路的人

半夜写诗

半夜写诗,星星们都会跑到我的纸上
代替我反复雕琢的字

半夜写诗,我仿佛把浓得化不开的夜
也不小心搬到了纸上

半夜写诗,你会发现所有的人睡着了
只有你即将写成的诗是醒着的

半夜写诗,当皱紧眉头写完最后一句
那时,天已经微微亮了

没取名的诗

告诉你：生锈的词语
总是威胁沉甸甸的思想

告诉你：语言正是
人与人之间最大的障碍

告诉你：错误地发声
也要有正确的试听方式

告诉你：诗人已经交出了
词语的生杀大权

告诉你：诗海茫茫
你所有隐私，全部已曝光

勒阿采诗记

一生有多少条路等着我走,不确定。但这条,我很笃定。

——题记

1

去勒阿的路又断了,这或许并不是一件坏事
至少有一部分人是这么认为的
但这一定是一件非常糟糕的事
到处都在断路,到处都在忙着抢修
招标信息已早早发出,大家都在议论纷纷
谁中标还说不准
写诗,更像是照镜子
词语镇定下来,向揉碎万物的时间较劲
我的一生都在寻找通往勒阿的路
一条修不好的路,提前出现在我的诗中
路总是会断,千万不要让信念塌陷
那断了的路,是我无法写出来的一句诗

2

到勒阿时,天早就黑了,月亮深陷夜晚,无法自拔

你的夜晚和盲人的夜晚是同一个夜晚吗?

群星闪耀,我们说着无用的赞美

奈何纸张太窄,词语太小

你拥有的虔诚多么难能可贵

可你偏偏掏出了酝酿已久的谎言

词语总会被现实惊醒

你只有放下词语,才能获得诗歌

3

在勒阿,我拒绝抒情

葬礼上的嚎啕大哭,或许就是你的杰作

你真的是为死去的人嚎啕大哭吗?

词语四溅,始终无法构成一首诗

你衣冠楚楚

衣服穿不破,被人指指点点久了,才会破

我们滔滔不绝,才发现跟盲人谈灯

4

勒阿：我诗歌的发酵罐

这里词语丛生，可能用的词语少之又少

一首好诗，被生活毁掉

不要说他傻，或许那是对聪明人的另一种称呼

你看那群狐狸，幸亏没有翅膀，不然早就飞了

太阳在天空打坐

信手拈来的鹰，是太阳的补充

此时我再说青稞饱满，显然是一句谎言

过去的青稞，在我未来的诗里醒来

你要深信：我的诗里，还埋着一枚丢失的白海螺

丢是丢不了的

骨头断了筋连在一起，筋断了心连在一起

愚蠢的诗人，妄想靠揭露来还原真相

你冠冕堂皇的简介，比你写下的诗歌还要长

我需要真理

诗是咳嗽，疼痛就是诗篇

所以，我得刻意地喘息一下

有人认出我，朝我索诗

5

古老的勒阿在时间的盒子里永久保养着
新鲜的风俗被我们用旧了,现在需要翻新吗?
母亲常常教导我们,吃亏是福
可吃亏的总是老实人,是不是老实人都有福?
想办法也让聪明人吃吃亏,沾点福气
真诚需要翻新吗?
善良需要翻新吗?
勇敢需要翻新吗?
鹰飞过
此刻的天空,是过去的天空,也是未来的天空

6

写诗,无非就是给勒阿的天空写写白云
给勒阿的土地写写河流
写写平凡的人,让他们在诗歌里有个身份
下完雪的勒阿,真干净,雪融化后,万物露出骨头
也写万物,替它们开口说话

7

这里是勒阿,这里是我采诗的地方

很多痛苦始终无法说出,内心的波澜只能存放在
   诗里

大片的词语弃我而去

其实,有些词语我也不想留用

谎言令诗歌蒙羞

我喜欢干干净净的词语

它们正正方方

它们成全我一首首完整的诗

8

勒阿,这是我诗歌的姓名

漫山遍野的诗句,无人问津

诗句疯长,但诗歌无用

我们更需要石头与沙子,更需要水泥

更需要包工头

诗歌只是门面

只有我所盼着的那条断了的路早日修好
我的诗歌才可能写完

写 诗

在火里写诗
你写下的诗一定有火的成分

在刀上写诗
你写下的诗就会有刀的锋芒

在谎言中写诗
你写下的诗难免被谎言所伤

在夜晚写诗
你的诗才可能多出几颗星星

鹰的诉说

飞翔着死去,把宿命埋在天空

有朝一日,我不小心掉下来

请带走我的尸体

记得把我的灵魂还给我

我想要去地上觅食

可头顶的太阳,它在召唤我

我得往更高的天上飞

去衔一粒阳光的种子

在明媚之中,安置我

命运也想吞掉我

我只祈求:

羽毛化成大雪

在天空安葬我

雪 域

奔跑的雪域,我愿做你胯下的马鞍
愿十指攥紧的拳头撑起你

在你茫茫白雪的纸上,孕育十万亩花朵
用十万亩花朵守住你的心

群山无用,只能盛放你的孤独
听我一言:叫醒你孤独的心上沉睡着的马群
让它们替你奔跑

看看——
每座寺院,都是你的拐杖

想留下活着的诗

我一再确认：我有没有活着

我其实是在确认：我的良心有没有活着

我的正义，我的善良，我的勇敢有没有活着

我饱满的爱有没有活着

我因爱这个世界而产生的恨，有没有活着

如果这些中的某一个死了，我就真的死了

我留下的诗估计也是死的

我一再确认：我会不会死去

我其实是在确认：我的眼泪会不会死去

眼泪是眼睛说过的最动人的话

好多人正在受难，我竟然不愿为他们流下泪

我竟然向弱者抡起拳头

我竟然又向强者点头哈腰

很显然，这时候我就真的死了

我留下的诗也一定是死的

想留下活着的诗，很简单，你必须得有一样
是活着的

紫青稞

是风和雨留下的
是太阳留下的
是有星星和月亮的夜晚留下的

收藏起来,放在我破旧的诗句里
喂养我
蘸一点墨水,再从诗句里
逼出一个词:紫青稞

无 诗

我对嘴说过的话早就不感兴趣了
你非要跟我搭讪,就请你多用用你的心

眼睛也是一样,你看到的未必都是真的
我总是闭着眼睛,看这个世界

时间一长,腿慢慢也不好使了
那些走得很远的人,他们从来就不用脚

语言显得越来越多余
那口齿伶俐的人面对生活,也指手画脚

诗 方

我在鹰眼里写下的诗,最终还是要献给天空的

我在我身体里摸到的那些星星呢?

也会全部留在夜晚

我替我的灵魂,暂时选了你现在所看到的身体

这慢慢会生长出坟墓的身体

身体毕竟不是灵魂的长居之所

总会有谁提前离开谁

我必须要说:身体是未成形的坟墓

坟墓来自我们的身体

我真的不知道我该留下些什么

如果你看见墓碑,权当我留下的那一部分吧!

毫无疑问,诗是我的止痛药

诗也可以止血

我好想在诗外大哭一场,然后再用诗擦干眼泪

我过多地从这个世界中索取

已经够用了

现在,我用哭泣的方式诠释欢喜

然后,留下诗方

仿谣曲，或无题

你来了，山坡上迎风绽放的野花
才算没有白开

你来了，头顶蓝透了的天空
才有了内容

你来了，被思念一遍遍虐待过的心
才有了归宿

你来了，那被生活绷断的爱情之弦
才可能续上

可是，你偏偏没来……

诗是随身携带的故乡

我的故乡寄居在狭窄的纸上

我多想把我的故乡,从狭窄的纸上解放出来

可我办不到

我只能在纸上,复原故乡

故乡突然缩成了一枚针,正在戳我

我忍不住在诗里哭出声来

诗,故乡;故乡,诗

我把它们混为一谈

我呼吸,好像故乡在呼吸

我叹息,好像故乡在叹息

而诗呢?

诗是我随身携带的故乡

守灵人的夜晚

他是一堆孩子的父亲

在今晚,他是丢失父亲的孩子

他被淹没在一群守灵人之中

默不作声

他给来家里帮忙的人,分发着

体面的香烟

夜晚如此漫长,他掏出

一包廉价的烟

深深吸了一口

勒阿六行

路窄、滑坡,这漏雨的勒阿,你要来吗?
我准备好海螺,打算美美地给你吹上一宿
奈何诗歌的胃口太小,太多的事物无法消化
坍塌的语言边缘,青稞熟睡,鼾声不断
其实我想让你看看:供奉在我额头的塔乌护法
以及,我用灰头土脸的词语,垒起的自己

火 塘

那些围着火塘讲故事的人,大多都已经不在了

我是听故事的人,我还好好地活着

我活着,就是他们活着

我又成了讲故事的人

火塘被填掉了,可火塘里的火还没有熄

我要给你们讲的,仍是火塘

执火的人不怕烫

那生生不息的火种,现在落在我手上

火塘已经不复存在

多年以后,我也不复存在

那时候,一定有另一个我

给你讲另一个火塘

雪后勒阿

那个火葬不久的老人,正好赶上了雪

一场铺天盖地的雪,让黑着脸的勒阿,突然白了起来

这肆无忌惮的白,这无拘无束的白

正颁布属于自己的法令

群山反复被改写

我睁不开眼睛

一只乌鸦来访,场景略显突兀

我慌张的词语,在银亮的雪中安静下来

风雪叩门

雪后的勒阿,是我诗歌的道场

冬天提前来了!

此刻就停在我的笔端

勒阿散句

这是写过的关于勒阿的第几首诗

我已经记不清了

群山是勒阿的心跳

开心时写,难过时写

做梦也在写

鹰在天空的笼子里,诗在纸的监狱里

诗海茫茫,词语在纸上苦行

只有我还在不厌其烦打听勒阿的消息

打听那个失聪的孩子

眼泪,被雨水剥夺

诗是时间留在我心里的皱纹

多少年过去了

仿佛这是我回家的,唯一的路

且向勒阿

且向勒阿

就算鹰被击落，一条河被拦腰折断

就算你的痛苦无处诉说

我要你泪眼汪汪，我要你卷土重来

且向勒阿

爱情的筹码已够，世界是空心的

经不起翻译

准备一把刀，我要你一刀一刀地爱

要用你的伤疤去爱

且向勒阿

不要留下任何退路

伤害在所难免，疼痛没完没了

我要你偏执，我要你狭隘，我要你大发雷霆

像一个女子，哭得梨花带雨

且向勒阿

这是所有的路,也是唯一的路

万物哑噤,一副欲言又止的样子

我要你举起火把

我要你点燃自己

但,这一切都是我的一厢情愿